閱讀123

國家圖書館出版品預行編目資料

波波麗珍奶店1：貓熊外送007／亞平 文；
POPOLAND 波寶島 圖 -- 第一版. -- 臺北市：
親子天下, 2023.07
136 面; 14.8x21公分. --（波波麗珍奶店；1）
（閱讀123；99）
ISBN 978-626-305-507-0（平裝）
863.596                                112008227

# 波波麗珍奶店
## 貓熊外送007

作者｜亞平
繪者｜ POPOLAND 波寶島

系列企劃編輯｜陳毓書
責任編輯｜陳毓書、蔡忠琦
特約編輯｜游嘉惠
美術設計｜蕭雅慧
行銷企劃｜翁郁涵

天下雜誌群創辦人｜殷允芃
董事長兼執行長｜何琦瑜
媒體暨產品事業群
總經理｜游玉雪
副總經理｜林彥傑
總編輯｜林欣靜
行銷總監｜林育菁
副總監｜蔡忠琦
版權主任｜何晨瑋、黃微真

出版者｜親子天下股份有限公司
地址｜台北市 104 建國北路一段 96 號 4 樓
電話｜（02）2509-2800　傳真｜（02）2509-2462
網址｜ www.parenting.com.tw
讀者服務專線｜（02）2662-0332　週一～週五：09:00~17:30
讀者服務傳真｜（02）2662-6048　客服信箱｜ parenting@cw.com.tw
法律顧問｜台英國際商務法律事務所‧羅明通律師
製版印刷｜中原造像股份有限公司
總經銷｜大和圖書有限公司　電話：（02）8990-2588

出版日期｜ 2023 年 7 月第一版第一次印行
2024 年 5 月第一版第三次印行

定價｜ 320 元　書號｜ BKKCD161P
ISBN ｜ 978-626-305-507-0（平裝）

——————————————— 訂購服務

親子天下 Shopping ｜ shopping.parenting.com.tw
海外‧大量訂購｜ parenting@cw.com.tw
書香花園｜台北市建國北路二段 6 巷 11 號　電話（02）2506-1635
劃撥帳號｜ 50331356　親子天下股份有限公司 www.parenting.com.tw

立即購買 >

# 波波麗珍奶店 1

## 貓熊外送007

文 亞平　圖 POPOLAND 波寶島

目次

波波麗珍珠奶茶店
POPOLI

# 阿拉拉城市報

## 甜甜圈公園 野餐日，市民熱鬧同歡！

阿拉拉城市一年一度的「甜甜圈公園野餐日」，聚集了所有喜歡野餐、賞花、逛市集的市民朋友們，本次活動還特別安排「小紅姐姐說故事」、「親子手作樂趣多」，活動內容豐富多元，好看又好玩。市長於活動開幕時致詞表示今年阿拉拉城市活動精采馬拉松，由甜甜圈公園野餐日起跑，之後還有眾所矚目的第三屆城市杯珍珠奶茶大賽等活動接棒登場，歡迎市民踴躍參與。

## 阿拉拉捷運紅線開始營運 便捷快樂城市好居易行！

不用忍受塞車之苦，也不用再苦等公車啦！阿拉拉城市的捷運紅線將於七月中旬開始營運，一旦運轉順利，所有的市民將可以享受便捷的大眾運輸工具，從城北到城南只要半小時，對於促進民生經濟消費，幫助非常大！

阿拉拉城市的宣言是：「快樂城市，好居易行」，看來，正一步一步，逐漸實行中。

守護家人與財物安全， 發現可疑人物
請立即撥打110通報。

阿拉拉城市警局關心您

# 阿拉拉城市報 ALALA CITY NEWS

## 貓熊外送平台

請至以下官網訂餐

www.ponda.eat.alalacity

或是撥打

**000-526**

（鈴鈴鈴，我餓囉！）

城市溫度

## 23-25 度

晴朗舒適

| 雲況 | 風向／舒適度 |
|---|---|
| 多雲 | 偏東風／舒適 |

紫外線指數 **1** 級

## 爬山健行請小心！
## 象鼻山遊客
## 受傷人數增加

好驚險！好驚險！上個月象鼻山受傷人數12人，這個月象鼻山受傷人數8人，幸好大部分的傷勢都只是輕微的跌倒、挫傷，沒有致命危險。象鼻山管理局呼籲民眾，爬山時一定要裝備齊全，專心爬山，不要為了貪看美景，留下遺憾。

---

**今夏爆紅美食推薦**

星星紅豆餅

紅豆餡綿密飽滿，
餅皮香脆可口，
加上星星的造型，
好看又好吃。

版主強烈推薦！

想吃嗎？請找到鬆餅街和盤子巷交接處的三角形木窗。

在木窗上敲五下，窗戶就會打開。如果敲錯次數就吃不到囉！

1
貓熊外送007

波波麗珍珠奶茶店
POPOLI
POPO

每天早上九點鐘，是「波波麗珍珠奶茶店」開門營業的時刻。

鐵門一拉開，茶香、果香、焦糖香，撲鼻而來。

「請問今天要喝什麼飲料？」兩位員工賣力的招呼著。

蘋果紅茶奶蓋飲，買一送一唷！
豬亞亞大聲喊。
熱門推薦：冰淇淋檸檬綠茶！
豬沙沙也大聲喊。

「還是要來杯最好喝的珍珠奶茶？」

珠奶奶上前拍拍兩位盡責的員工，對上門的客人笑著說：「哎呀，點什麼都好啦！歡迎光臨波波麗！」

豬沙沙和豬亞亞是狂熱的「茶飲控」，因為對「珍珠奶茶」有著超乎常人的喜愛，所以他們選擇來「茶飲店」工作。

豬沙沙有靈敏的味覺，奶茶好不好喝、比例對不對，她一喝就知道；她的口頭禪是「嘖嘖嘖——」，每說一句話，總是「嘖嘖嘖」半天。

豬亞亞有靈敏的嗅覺，茶香不香，加進什麼配料，他一聞就知道，所以他老是抽動鼻子，四處聞個不停。

珠奶奶有這兩個好幫手，簡直是多加了兩隻手臂；她也對沙沙和亞亞兩位夥伴信任無比。

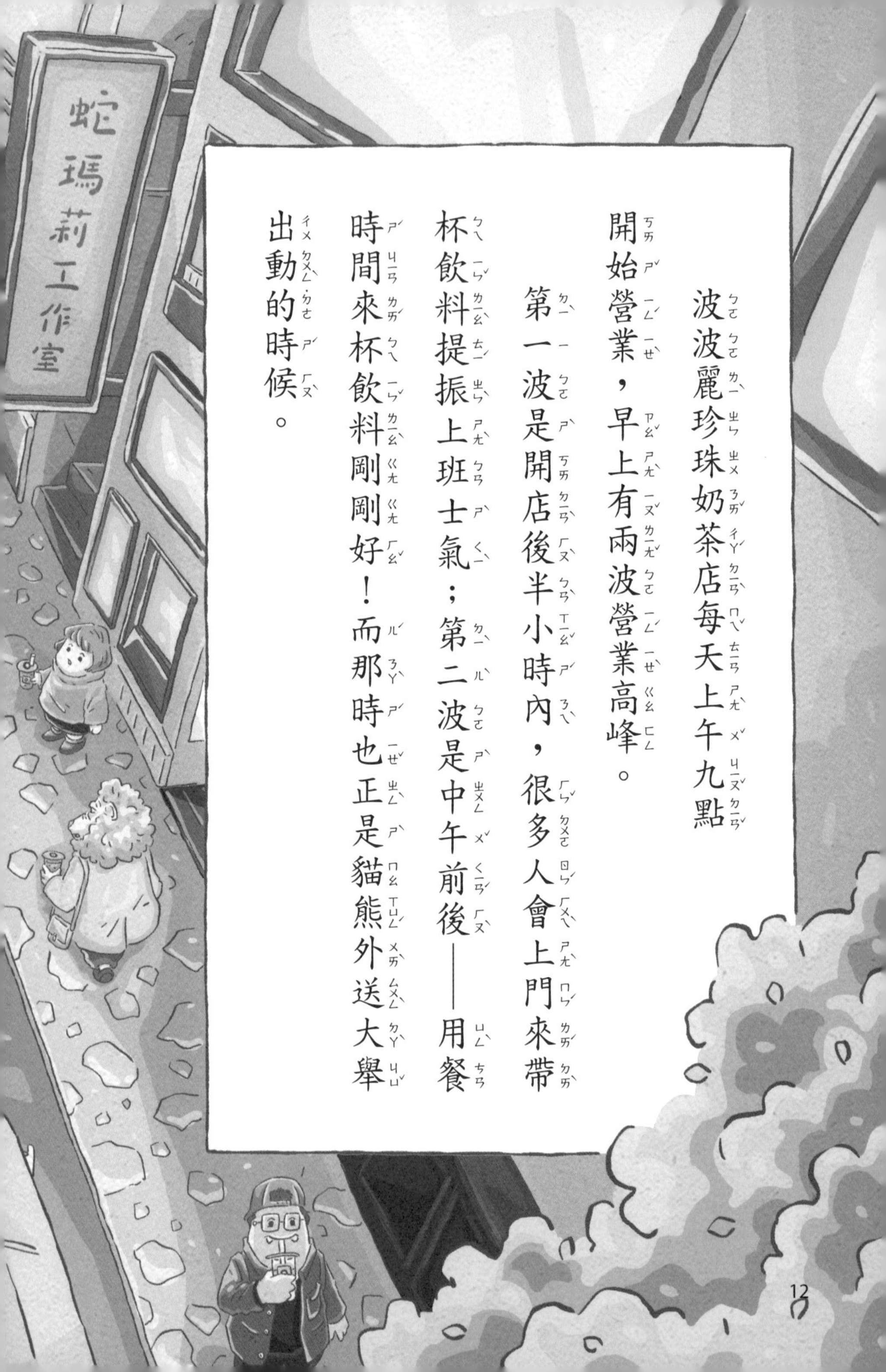


波波麗珍珠奶茶店每天上午九點開始營業，早上有兩波營業高峰。

第一波是開店後半小時內，很多人會上門來帶杯飲料提振上班士氣；第二波是中午前後——用餐時間來杯飲料剛剛好！而那時也正是貓熊外送大舉出動的時候。

珍珠奶茶店
POPOLI
珠奶奶居住的阿拉拉城市有一個奇特的景觀，就是馬路上永遠流動著一群橘紅色的貓熊車隊。
他們是貓熊外送家族，負責這個城市的外送事業。
他們的標準行頭是：橘紅色的安全帽、橘紅色的外送袋、白色的摩托車和黑色的貓熊眼。
黑色貓熊眼
橘紅安全帽
橘紅外送袋
名牌
白色摩托車
007

今天來波波麗珍珠奶茶店拿外送的是貓熊外送007號外送員。

「嘖嘖嘖，糟糕了，今天外送的是007啊！」沙沙低聲向珠奶奶說。

「每次007來拿外送，我都提心吊膽，他老是送錯。」亞亞說。

珠奶奶抬頭看了看，笑著對沙沙和亞亞說：「沒事，不要瞎操心。」

007
POPOLI

這時，007拿著外送袋進來了。

007是一隻年輕的貓熊，依照他們家族的編號順序，他應該是067號才對，不過，剛巧007號空下來，他就這樣遞補上了。

007一進來，就忙不迭的說著：

「珠奶奶好，今天有一件大事發生，你知道嗎？不遠處的鬆餅街發生一件竊案，整條街都圍起來了，好刺激啊——」

珠奶奶搖了搖頭，打斷007的話，說：「停停停，007，這件事晚點再說，你先告訴我，你等一下要外送的地點是哪裡？」

蜂蜜路還是蜜蜂路？
蜂蜜路
蜜蜂路
這——
007看了看手上的單子，找了一會兒才找到。

哇，珠奶奶你真厲害，我果然弄錯了，是蜜蜂路才對。
蜜蜂路
蜂蜜路
007
那這次可不能送去蜂蜜路嘍！

「哎喲，珠奶奶，不要這樣嘛，」007聳聳肩說：「我不過送錯了一次，有必要這麼嚴格嗎？你都不知道上次的地址有多難辨別：6巷16號和16巷6號，神仙來外送也會弄錯。」

「你爺爺來的話，是一定不會送錯的。」

「討厭，爺爺又來找你了？」007聽了一副厭倦的神情說：「他是不是又要查問我的工作狀況？爺爺真是超級無敵囉嗦啊！」

那個……
007今天沒出狀況吧？

「爺爺是為你好。」珠奶奶拍了一下007的肩膀，「你是貓熊家族第三代最有活力的孩子，爺爺當然希望你工作勝任愉快，才可以把家族事業發揚光大啊。」

「可是，我對外送沒有興趣，卻又不得不做！」

「為什麼不做？你們全家族都在做外送啊！」

「我覺得外送有些無聊。」

「那是因為你還沒有真正進入狀況，等你工作熟悉了，就會每天充滿幹勁。」

「是嗎？」007無聊的抓抓頭髮，「我覺得，我做這份工作只是不想讓爺爺失望罷了。」

「別人想做外送還不行，你這個外送大王的孫子竟然還唉聲嘆氣！來吧，先喝一杯珠奶奶特調的奶茶，再去跑單。記住，別搞錯地點喔。」

007比了個OK的手勢，咕嚕嚕喝下一大杯奶茶，然後提起裝好的外送袋，跨上摩托車，化身成一個橘紅色的小點，消失在馬路中。

００７一開始是往蜜蜂路的方向騎，但是，只過了一條街，他就轉向了。他騎著摩托車來到鬆餅街，也就是竊案發生的地方。

案發現場已經拉起封鎖線，不讓閒雜人等出沒。

００７呆呆的看了半晌，突然間，他靈光一閃，從口袋內掏出一個東西仔細看，看了好一會兒，這才掉轉方向往蜜蜂路騎去。

鬆餅街

隔天下午，００７來到波波麗珍珠奶茶店。他今天不是來外送，他是專程來喝一杯珍珠奶茶的。

「嘖嘖嘖，００７，今天一切順利嗎？」沙沙打了個招呼。

００７攤了攤手，無奈的說：「我是覺得很順利啦！不過，客人們好像不覺得。我不過是晚了十分鐘，客人們就不高興，唉，

真奇怪，喝飲料非得需要快、快、快嗎？」

沙沙說：「喝飲料是不需要快快快；但外送的基本原則就是迅速、確實，嘖嘖嘖，讓客人等太久確實不好。」

「要不是鬆餅街被圍起來了，我也不會延誤。對了，關於鬆餅街的竊案，你們知道多少？」談到竊案，００７瞬間變得很有精神。

亞亞動了動鼻子說：「鬆餅街的竊案啊——好像是受害者被人迷昏，身上的財物被搜刮一空，對吧？」

「答對了！可是你知道嗎？上個月也發生一起類似的案子；上上個月也發生了相同的案子，嘿嘿，連續三起竊案這麼雷同，一定不單純。」007說得眉飛色舞。

「嘖嘖嘖，小偷抓到了嗎？警察應該不會掉以輕心吧。」沙沙說。

「警察早就動員起來了，不過沒什麼頭緒。」007說。

「一個城市發生了懸疑的事件，真叫人不安心！」亞亞說。

「我要是說出另一件事，你們一定更不安心。」

007好像發現什麼大祕密似的，要亞亞和沙沙把耳朵靠過來。

三顆小小的頭顱湊在一起說悄悄話了。

「這三起竊案發生的地點，我都去過；就在事發的前兩個小時，我剛好都去送外送；而且送的正是珍珠奶茶，可見得嫌犯很喜歡喝波波麗的飲料！」

「什——麼，你去送過？」兩隻小豬驚嚇得舌頭打結了。

「不僅送過，我說不定還和犯人見過面呢！」

「真——的嗎？他長什麼樣子？」沙沙問。

００７皺著眉思考，說：「他戴了個大大的口罩，不過，他長得高高的、瘦瘦的，聲音有些低沉，我只要再聽到，一定認得出來。」

沙沙和亞亞面面相覷，007在他們心中是一個常出紕漏的外送員；沒想到他的觀察力很敏銳，推理能力也不差。

「007，你趕快去報警。把你知道的一切都告訴警察，也許很快就會抓到小偷。」沙沙熱心的建議著。

「我會報警，」007眼底閃過一抹奇怪的微笑，「不過，在報警前，我還想要做一件事呢。」

007付了錢，喝光了飲料，大聲說：「好了，我得走了，謝謝你們。說實話，這世上能夠喝到這麼好喝的飲料，真是一件幸福的事啊。」

POPOLI
POPOLI
POPOLI
POPOLI
POPOLI

烈日下，００７騎著他心愛的摩托車在街上馳騁。

在毒辣辣的太陽光下，全副武裝外送，真是一件辛苦的差事；不過，今天００７一點也不在乎。

他讓汗水流進嘴巴裡，鹹鹹的，有些苦，

腦中想的卻是
等一下要外送的地址。
一樣是公寓大樓。
一樣是下午二點半。
一樣是兩杯珍珠奶茶。
007想起他的簽單收據，
那一張寫著「w」的簽單——

一般飲料外送，並不需要顧客簽收；但貓熊外送為了減少外送糾紛，依然維持請顧客簽收的習慣。

如果這個簽名又出現，會不會再發生竊案？

００７決心要大膽推理，小心求證。

順利的到達了公寓大樓六樓，007按了門鈴。

「您好，我是貓熊外送的外送員。您訂的飲料是兩杯珍奶。」

門開了，應門的是一個戴著口罩、高高瘦瘦的傢伙。

００７特地多瞧了兩眼。現在，他看出來了，這傢伙絕對是野狼先生無誤，他曾經在波波麗珍珠奶茶店和他見過幾次面。

那狹長的臉型、粗黑的毛色，還有耳朵上的一塊小黑斑，令人過目難忘。

哼哼，007認人
的功夫可是一流的啊！

簽了簽單，一手交錢，一手交貨，外送的工作已經達成，此時，007該走了。

「不好意思，先生，我剛剛喝太多水了，可以借一下廁所嗎？」007問。

野狼先生只是瞥了007一眼，說聲「不行」，就關上大門。

007吹了聲口哨，「太好了，聲音也一樣低沉。看樣子，我想的完全沒錯。」

007在六樓樓梯轉角處，找了個地方，坐下來。

現在，他要做的工作是——「守株待兔」。可是等了一個小時，一點動靜也沒有，007有些失望。

他正想站起來走動時，六樓的門，突然打開了。

6F
脫
坐下
007

007保持著高度的警戒。他看到野狼先生先是東張西望了一下，然後，輕手輕腳的走出來，走進電梯準備離開。
007也跟著走進電梯裡。
野狼先生一看到貓熊007，馬上露出狐疑的眼神。
你——你是剛剛那位外送員嗎？
「是啊，」007笑著招呼說：「好巧啊，我又來外送了，一樣是兩杯珍珠奶茶。」

野狼先生哼了一聲。電梯往下降。
其實，我常常外送珍珠奶茶的。不過，你知道嗎？上個月我外送兩杯珍奶後，當地就發生竊案；
上上個月我外送兩杯珍奶後，當地也發生竊案，怎麼這麼巧呢？巧得連我都不相信。
野狼先生露出了不安的眼神。

007繼續說：
「你知道歹徒是怎樣犯案的嗎？哈哈，先在珍奶裡面下藥迷昏對方，再趁機把財物搜括一空。」
野狼先生臉色瞬間蒼白。

「更有趣的是，簽收的都是同一個傢伙。一個高高瘦瘦、長得好像野狼的一個傢伙。」

野狼先生這時全身發抖了。

007揚了揚手上的簽單說：「我是沒有證據。不過，我留下了所有的簽收單據，巧的是，前兩張單據上的簽名和今天簽單上的簽名一模一樣呢！」

此時，電梯門開了，野狼先生像風一樣的衝出去。

007也像另一陣旋風，迅捷的撲上去，兩股風兒就這麼纏鬥起來，你抓我扯，誰也不讓誰。

在這麼緊張的時刻，007不忘高聲大喊：
開門
這隻野狼是一名慣竊，誰抓住他，就是大功一件。
保全先生，趕快報警吧，

007果然立下大功了。

公寓保全斑馬先生不但適時的按下報警鈕，也幫助007抓住了野狼。當警察先生帶領著一群人，打開六樓的房門，發現被迷昏的綿羊太太時，野狼先生再怎麼狡辯，也無人相信了。

原來啊，野狼先生是個保險業務員，也是個兼職的竊犯。
他的犯案手法是先在電話裡取得客戶的信任，之後再約定時間去客戶家裡拜訪。
拜訪時，他會先預訂兩杯飲料，請外送送到客戶家，取得信任。
POPOLI
POPOLI
客戶們看到外送送來波波麗奶茶，都非常開心，一點也沒有想到野狼先生會不安好心，趁機加入迷藥。

一旦被害人喝下摻了迷藥的飲料，被迷昏了，野狼先生就開始在房內大肆偷竊，為所欲為。

幸好，007機警，識破野狼的詭計，人贓俱獲的情況下，野狼只能乖乖束手就擒。

貓熊外送007成了
這個城市的大英雄。

大英雄是很忙的。
等到珠奶奶再見到００７
已經是兩個星期後的事了。
００７，快進來，
好高興看見你，
嘖嘖嘖，大英雄，
我請你喝珍珠奶茶。

HERO
POPOLI
大英雄來了，英雄的氣味真好聞啊，配上巧克力蛋糕，剛剛好。
POPOLI
007
POPOLI
POPOLI

007看著端上來的奶茶和蛋糕，不禁露出微笑：

「謝謝招待。這是最美味的下午茶點心啊。」

珠奶奶眼神銳利的把007從頭打量到腳，說：

「007，你今天沒穿制服喔，所以，你不是來外送的？」

007點點頭。

「但是，你也不是來聊天的，對吧？」

是的，我是來跟大家告別的……

007喝了一口奶茶，慢慢的說：「竊案的事，我想，大家都知道了。因為這個事件，警察局特別表揚我，說我機智、勇敢，是個當警察的人才，他們願意提供我機會，讓我去警察學校就讀，只要讀完畢了業，就能成為一名真正的警察了。」

「嘖嘖嘖，好難得的機會，你答應了嗎？」沙沙問。

「我思考了好幾天，一直拿不定主意。我很想試試看警察這個有挑戰性的工作；可是，我又很怕這樣做，

爺爺會很失望——他對我期待很深，他非常希望我成為一位優秀的外送員。」

珠奶奶拍拍００７，說：「這種情況，一定要和爺爺談一談，談開了，心裡就有主意了。」

「沒錯！」００７笑著說：「我鼓起勇氣，去找爺爺聊聊。爺爺聽完我的話後，想了好一會兒，才說：『既然你那麼想當警察，就去試試看吧。貓熊外送的隊伍少了一隻貓熊是沒關係；不過，如果警察界裡少了一隻聰明的貓熊，那警察界的損失可就大了。』」

「所以，你爺爺答應了？」

「是的。明天，我就要去警察學校就讀了。所以今天特地來和你們告別。」

「007，恭喜你。以後不能天天看到你，有點難過啊。」亞亞說。

「這是好事，一點也不需要感到難過。」珠奶奶笑著說：「能夠找到自己有興趣的事，並且努力去達成，是一件不容易的事。007，我相信你一定會成為一名優秀的警察。」

亞亞說：「珠奶奶，我們現在應該不能叫他的代號007了。我們——該叫什麼好呢？」

「以後就要叫我的本名了。」

007一骨碌的站起來，抬頭挺胸的大聲回答：

大家好，我是貓熊黑小可，未來的志願是成為警察界的007！

「黑小可，」沙沙說：「以後，成了警察界的007，千萬不能忘了我們喔！」

「放心，不管是哪個007，我，黑小可最愛喝的飲料還是波波麗的珍珠奶茶啊！」

007
POPOLI
H
E
R
O
POPOLI
POPOLI
POPOLI

蛇瑪莉猜很多人有和貓咪咪一樣的煩惱，如果你想了解自己適不適合做哪些工作，可以先從認識自己的個性開始。下方的 IPAD 螢幕畫面裡面儲存許多**個性形容詞**，請你從中圈選出十個適合自己的形容詞吧！

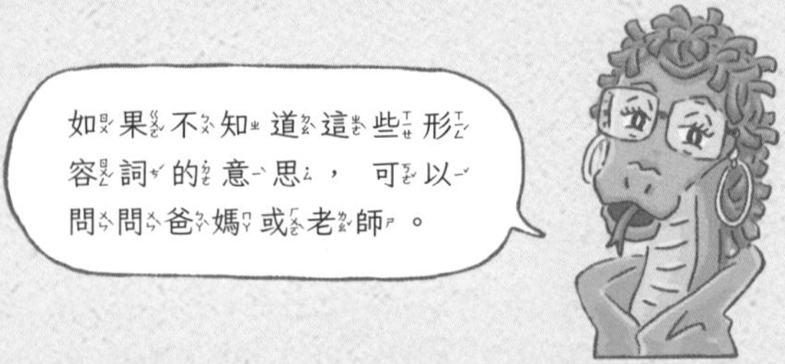


## IPAD 個性掃描機

## 蛇瑪莉阿姨信箱

蛇瑪莉阿姨：

我最近很煩惱，爸爸希望我以後去當貓熊外送員，但是，我不知道自己適不適合，怎麼辦呢？

貓咪咪上

設計者
**林佳諭**
桃園中興國中輔導老師／「木木老師邊教邊學」版主

## 掃調結果圖公開

每一個形容詞都有對應一個顏色。對照你前面圈選的形容詞，將圈選的卡片顏色都塗到【掃描結果圖】中，也要記得畫上自畫像唷！

你有注意到下方的最佳外送員是哪三個顏色最多嗎？你的掃描結果圖又是什麼呢？要留意你對自己個性的形容詞，以後會因為學習和生活經驗累積，不斷改變唷！就像是貓熊外送家族的黑小可，他也沒想過會從外送員變身為警察新人。

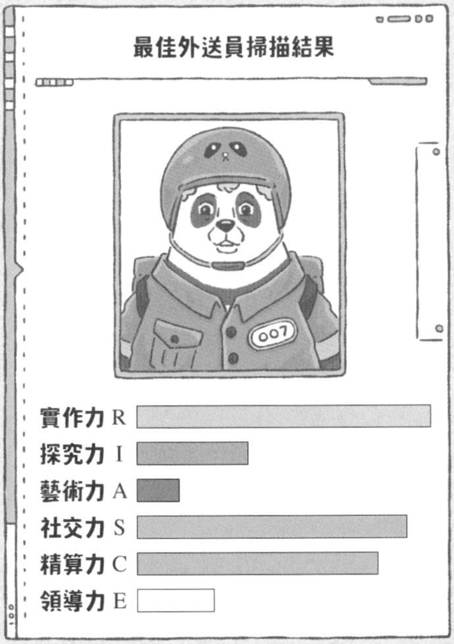


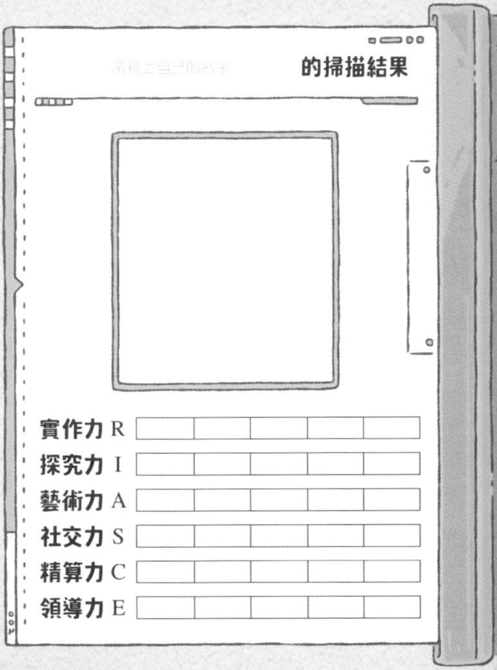

## 蛇瑪莉給爸爸媽媽的話

此遊戲是根據職涯何倫碼（Holland）設計，最主要是讓孩子更認識自己的個性與職業的關係。原理是以六個英文代碼 RIASCE 對應不同職業所需的個性與特質，外送員的代碼是 SCR（也就是社交力、精算力和實作力），每一個職業的代碼會因不同時代對職業能力的期待而有所變化。

# 2 波波麗珍奶店大危機

波波麗珍珠奶茶店

一大早，波波麗人潮不斷。

偏偏今天幸運之神不眷顧，亞亞調錯兩杯飲料，沙沙不小心打翻了一杯剛做好的珍奶，一時之間，店內人仰馬翻，兩人又是清潔又是整理，忙得焦頭爛額。

好不容易，處理完最後一筆飲料單，電話響了。

「喂，你好！請問要點什麼飲料？」亞亞拿起電話大聲說。

「波波麗嗎？哼哼，你們家的飲料有問題！」

請問是什麼樣的問題？
哼哼，你們家的飲料有蟑螂，一隻很大的蟑螂！
POPOLI
不可能，我們家的飲料不可能有蟑螂的！這位客人，可以請你再說清楚一點嗎？
說清楚一些，是要讓你推卸責任嗎？
不是的；我們只是想了解狀況，提出改進辦法。請問，是今天買的飲料嗎？

當然是今天買的，難道還會是昨天？中午買了你家的珍珠奶茶，我喝到一半，竟然看見一隻大蟑螂，噁心死了。說吧，你們要如何賠償我？
可以請你把這杯珍珠奶茶帶來給我們看看嗎？我們需要確認一下！
亞亞有些慌亂，但還是盡力保持冷靜。
確認？根本是推託逃避！我要去電視臺爆料，讓你們做不成生意，你們等著看晚間新聞吧！
突然間，電話就掛斷了。

亞亞先是發了一會兒的呆，然後，才大夢初醒似的，高聲喊著：「不好了，我接到投訴電話了。」

聽完亞亞的敘述，沙沙問：「蟑螂？嘖嘖嘖，我們家的飲料會有蟑螂？」

「當然不可能。基底茶都是裝在大型的保溫桶裡；煮好的珍珠和配料都有注意保存的方式和時間，工作檯面也盡量保持乾淨清爽，不堆置雜物。這麼嚴謹的流程，怎麼可能會有蟑螂出沒？」亞亞說。

「嘖嘖嘖，茶飲也是每天現點現做。我就不相信我會粗心到把一隻大蟑螂舀進杯子裡，自己竟然沒感覺？——珠奶奶，你怎麼都不說一句話？」沙沙生氣的問。

珠奶奶嘆一口氣說：「你們說的我都知道，我們家的飲料當然沒問題。我只是在想，這個客人打電話來，目的是什麼？」

「這種目的直接上門找我們就好了，有需要去電視臺爆料嗎？」珠奶奶面色凝重的說：「我怕的是同業間互相競爭，惡意中傷，這就不好了！」

「珠奶奶，你是說有人想讓波波麗關門大吉？」亞亞吃驚的問。

珠奶奶說：「我也不確定。只是覺得事情有些蹊蹺！沒關係，先不要太過驚慌，晚上看新聞就知道了。如果真的是我們的疏失，我們就道歉；如果不是我們的錯，我們也要據理力爭。」

沙沙和亞亞兩人慎重的點點頭。

晚上七點，波波麗的客人不多，沙沙、亞亞一邊招呼客人，一邊尖著耳朵聽新聞播報。

知名茶飲店衛生不佳！有位消費者前來電視臺爆料——
一聽到新聞，沙沙、亞亞和珠奶奶馬上衝到電視機前面。

波波麗茶飲店的珍珠奶茶，有一隻大蟑螂！
請看畫面上的這杯珍珠奶茶，杯子裡果真有一隻大蟑螂。
POPOLI
快訊
知名茶飲店飲品驚見蟑螂！

消費者嚇得不敢喝，告訴店家，店家卻一直推拖，完全不予理會——
消費者
店家
電話告知
完全不理會！

看到電視畫面上出現的波波麗珍珠奶茶，沙沙、亞亞和珠奶奶先是愕然一驚；隨後，就大聲笑出來了。

「那是舊型的杯款啊！我們三天前就更換新杯款了，這名消費者竟然拿舊杯子來投訴，嘖嘖嘖，根本是故意栽贓。」沙沙大聲說。

「哼，我猜想這名顧客一定是三天前買的飲料。一杯飲料放了三天，然後再來投訴我們飲料裡有蟑螂，再怎麼說，都不合理。搞不好蟑螂還是他親自放進去的，太過分了！」亞亞也說。

珠奶奶也生氣了：「店家和顧客之間最重要的就是誠實和信任，這位顧客故意拿三天前的飲料來誣衊我們，實在可惡！沙沙、亞亞，動起來，明天我們也要來個反擊！」

「什麼樣的反擊呢？」沙沙亞亞也熱血沸騰。

事件澄清記者會
POPOLI
新包裝
信任

波波麗珍奶店
POPOLI
舊包裝
誠實

「茶飲有蟑螂」事件，就在波波麗開了記者會，電視臺做了平衡報導後，慢慢落幕了。雖然有澄清報導，但奇怪的是，波波麗的營業情況並沒有恢復原狀；來店人數銳減，訂單更是少了五成。

這天下午兩點鐘，沙沙、亞亞無聊的趴在櫃臺上。

「好閒喔！以往這個時候，都會有好幾單的外送，今天什麼都沒有，唉！」亞亞嘆口氣。

波波麗珍珠奶茶店
POPOLI

「嘖嘖嘖，都是電視臺無故亂報導，害大家把『波波麗』和『蟑螂』連結在一起了，現在一看到波波麗就想到蟑螂，都不敢上門來買飲料，真倒楣！」沙沙也說：「珠奶奶，生意這麼差，波波麗該不會關門，讓我們都去喝西北風吧？西北風肯定不好喝！」

珠奶奶說：「別灰心，事情不會長久這樣下去的。只要我們用心，顧客一定會看得見。」

POPOLI

貓熊外送088來了。

「088，今天沒有外送的單子，你跑來做什麼？」亞亞問。

「我不是來外送；我是專程來喝一杯珍珠奶茶的！」088露出靦腆的笑容。

「還是老客戶好，對波波麗不離不棄！」沙沙說。

「我哥哥最愛喝你們家的飲料，我自然也愛！」088說。

「謝謝你的支持！這句話應該貼在牆上，讓所有的消費者都看見！」亞亞說。

珠奶奶問：「黑小可還好嗎？」

「嘖嘖嘖，黑小可如果在這裡，一定會想些辦法來幫助我們，他是個鬼靈精！」沙沙說。

「我和哥哥聊天有談到這個話題喔！」088喝了好幾口珍珠奶茶，滿足的說：「哥哥說，如果要改變現狀，波波麗必須『主動出擊』。不管是做促銷也好、打廣告也行，主動出擊，才能更正大家對波波麗的印象，重新上門光顧！」

「好了，我得再去外送了！大家加油喔！」

088走了，摩托車消失了，但是她無心的一句話，像顆大石頭似的沉沉壓在沙沙、亞亞和珠奶奶的心上。

隔天下午，珠奶奶把沙沙、亞亞找來了。

「昨天088說的話，我想了很久。波波麗目前已經來到了營業的谷底，如果不做點改變，情況怕會越來越糟，所以，我決定要來個『主動出擊』。」

「珠奶奶是想要做打八折的促銷活動？還是買一送二？」亞亞問。

「嘖嘖嘖，如果是買廣告宣傳要花一大把錢呢！」沙沙說。

POPOLI
POPOLI
全店
8折
買
送
POPOLI
POPOLI
POPOLI

珠奶奶把一張紙放在沙沙和亞亞面前。

第三屆
阿拉拉城市杯
珍珠奶茶大賽
KING of PEARL MILK TEA
比賽時間
○月○日 8 點報到 /9 點入場
比賽地點
○○飯店○○廳
比賽攤位
共計３０家（需以商家名義參賽）
評分標準
吸引力
飲用品質
創意性
技術表現和整體衛生

珠奶奶說：「我們不做促銷，也不買廣告。我決定，我們來試試看這一項——」

珍珠奶茶是阿拉拉城市的熱門飲料，每一屆的城市杯珍珠奶茶大賽，都受到廣大市民朋友的矚目。只要拿下前三名，就是生意興隆的保證，因此，每家茶飲店都對這個比賽躍躍欲試。

前兩屆比賽，波波麗因為生意太過忙碌、時間不能配合等因素錯過；現在，第三屆比賽來臨，沙沙、亞亞感覺全身像著了火似的，充滿熱情。

一時之間，波波麗低迷的氣氛，突然高漲起來！

珠奶奶，奶茶的部分交給我們。
我想把現在用的基底茶全部換新，口味比較有新鮮感。
茶葉交給你們，我很放心。珍珠就由我負責了。
對了，城市杯奶茶大賽還特別講究「創意」這一項評分標準，我們也要考慮進去喔。
沒問題。
比賽的日期是在一個月後，那麼，大家加油了！
珍珠奶茶大賽
KING of PEARL

沙沙亞亞隔天就請了假，去幾座有來往的茶園拜訪，尋找適合的茶葉。

珠奶奶則是一大早去菜市場拜訪「煮珍珠達人」。珠奶奶知道各家珍珠成分差異不大，好不好吃的關鍵在於「煮法」。
酷寶麵包
拉寶魚商
拉寶蔬果
歡迎光臨阿拉拉市場
450

珠奶奶意外找到年紀老邁的黑貓阿嬤。黑貓阿嬤是退休已久的煮珍珠達人，目前住在市場清閒過日子。她們一見如故，相談甚歡。黑貓阿嬤知道珠奶奶的來意後，特意傳授了一招煮珍珠的獨門祕方：「六道程序法」，這比波波麗現有的四道程序，多了兩道。

珠奶奶用獨門祕方試煮幾次，發現煮出來的珍珠，外表綿密晶亮，內在Q彈有嚼勁，果然值得一試。

黑貓珍珠
祖傳六道程序法
黑貓珍珠
珍珠專賣
珍珠專賣

沙沙、亞亞這邊也有好消息了。他們花了四天的時間，找到紅果狐狸新近採收的「紅芽黃心烏龍」茶葉。

這款茶，湯色橙紅，
滋味醇厚，有紅茶的甜
又有烏龍的香，令兩位
「茶飲控」都大為驚豔。

比賽前兩週，波波麗最新款的珍珠奶茶出現了。新的茶葉、新的珍珠再加上適當比例的牛奶、黑糖——新款珍珠奶茶的味道果然讓沙沙、亞亞和珠奶奶的舌頭都活了過來。

「珠奶奶，這杯珍奶真是好喝，看來，我們有勝算了！」亞亞說。

「嘖嘖嘖，我們茶飲控一出手，一定不失手！」沙沙也說。

POPOLI
POPOLI

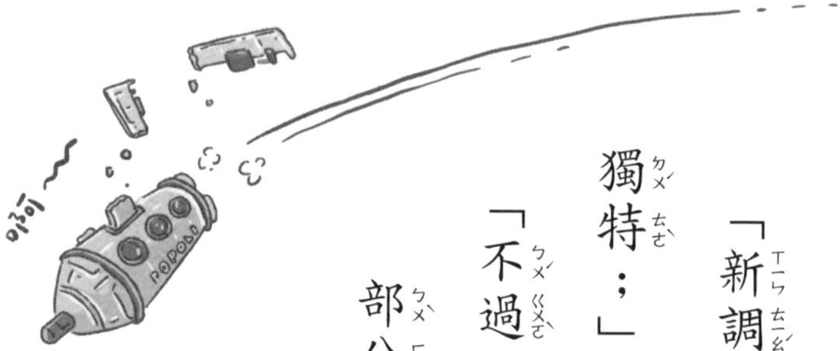

「新調出來的珍奶，味道確實獨特；」珠奶奶還是皺著眉：

「不過，這杯奶茶在『創意』部分，好像沒有什麼值得加分的地方？我們是否要再動動腦？」

「創意啊——嗯，這個問題的確有些難啊。」

沙沙也皺起眉頭了。

在杯緣加上一片水果，如何？
不搭調！七彩珍珠比較好，好看又好吃！

顏色多就會亂。還是在珍珠外型上下功夫？
你是說正方形的珍珠、三角形的珍珠嗎？
嗯，幫珍珠換造型好像還不錯！

突然間，珠奶奶的腦袋轟然一響，她拍手說道：「我想到一個造型了，這個造型，一定會讓大家驚嘆連連的！」

「什麼造型？」

「小豬造型的珍珠啊。」

POPOLI

人人都知道珠奶奶是飲料店的老闆，卻少有人知道她其實也很專精製作各種鑄鐵模型。她樓上書桌的一個老抽屜，裡頭是各種鑄鐵模型用具。

決定方向後，珠奶奶上樓把各種用具拿出來就定位。現在，她想要做一個立體的小豬造型。

不過，要以哪一隻小豬當模特兒呢？

珠奶奶有十個孩子，二十個孫子，每個孫子都很可愛。

不過，珠奶奶最想念的
還是發生意外的那個孫子
——朱古大。

如果沒有發生意外，朱古大應該也有十歲了。如果沒有發生意外，朱古大應該也是一隻活潑精壯的小豬了。

當初，要不是——

珠奶奶勉強忍住心裡的悲傷，拿起鑄鐵工具，開始工作。

「朱古大，奶奶能為你做的，就是這件事了。」

一個星期後，小豬造型的珍珠出現了。
好可愛啊，這～怎麼做的？
簡單，把煮好的珍珠放進鐵鑄模裡按壓，倒扣之後，就是小豬造型的珍珠了！
POPOLI
嘖嘖嘖，太有創意了，這種小豬珍珠根本改寫了珍珠奶茶的歷史啊！

不過，目前小豬珍珠只能一顆一顆手作，產量不多。
將來如果需求量高時，就得想辦法改成自動化的機器來製造！
哈哈，這事就等得獎之後再說嘍！
POPOLI

「看來，你們倆都覺得我們家的奶茶一定會得獎嘍？」珠奶奶笑著問。

「那是當然的事！」沙沙說。

「我們很努力呢！」亞亞說。

「得獎這種事是很多的努力加上很好的運氣才能得到的。我們是努力了，不過，別人也很努力啊！」珠奶奶想了一下說：「我覺得一個創意是不夠的。我們再想想看，還有什麼好點子，可以讓我們家奶茶更受到矚目。」

聽了珠奶奶的話，剛剛活力四射的兩隻小豬，突然又安靜了。

「珠奶奶，這個如何？」

沙沙想了想，突然打開一包新鮮的茶葉。

「這是什麼？聞起來好清香啊！」珠奶奶問。

「這是紅果狐狸新開發出來的『狐毛青茶』。」

葉形微厚，帶墨綠光澤。
這款茶葉的特點是可以嚼食，是紅果狐狸免費贈送的。我嚼過，口感脆嫩，甜中微苦。

嘖嘖嘖，我是覺得啦，喝完珍奶後，如果嚼一片狐毛青茶，剛好可以平衡奶茶的甜膩。
珠奶奶把茶葉放進嘴裡嚼時，果然甜中微苦，略帶清香。

「嗯，果然有平衡的功效。這個點子不錯。不過，我們怎麼做比較好呢？直接放進去嗎？」珠奶奶說。

「直接放也行，隨杯附送也行；不過，就怕有人不喜歡，順手一扔就可惜了。」沙沙說。

「一定會有人隨手丟掉的——」珠奶奶說。

亞亞突然古靈精怪的笑著說：「珠奶奶，如果我們把它變成幸運葉，就沒人會丟掉啦！」

「你是說——」

「就像幸運餅乾一樣啊！」亞亞眨眨眼。

「幸運葉、幸運餅乾——你想怎麼做？」珠奶奶還是不了解。

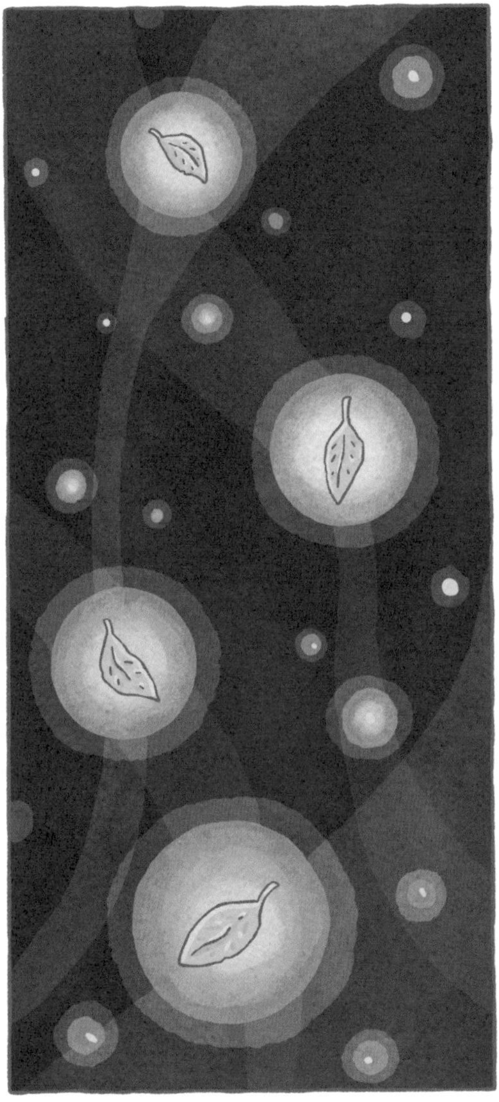

「珠奶奶，」亞亞說：「我們先在葉片上面烙上幸運的句子——這就是幸運葉，之後我們再把它沉入杯裡。客人喝完奶茶後，就可以試試幸運葉。喜歡上面的句子，就把茶葉吃掉，象徵幸運降臨；如果不喜歡，就把茶葉丟掉，象徵壞運遠離。」

02
沉入杯中
POPOLI
POPOLI
03
客人喝完奶茶發現幸運葉！
吃掉茶葉，象徵幸運降臨。
丟掉茶葉，象徵壞運遠離。
POPOLI
「哇，這是從沒有人做過的大膽嘗試啊！」

「喝奶茶還可以玩遊戲，這個創意太有趣了，客人一定會買單的！」沙沙說。

「哈哈，我只是突然間腦袋『爆』了一下，就想到了！」亞亞笑著說：「沙沙提了一個點子，我當然也要想一個。因為我們都太希望幸運降臨波波麗了！」

珠奶奶高興的握住沙沙、亞亞的手，說：「三個臭皮匠，果然勝過一個諸葛亮！好，我得再去忙了，要鑄字就需要鑄鐵模型，要寫什麼字句才好呢——」

珠奶奶最後選定的字句是：豬事大吉。

現在，這款有幸運葉、小豬珍珠的珍珠奶茶正式完成了。

沙沙、亞亞一連調了三杯，拉著珠奶奶一起享用，大家都非常滿意。

「珠奶奶，你幫這杯珍珠奶茶取個名字吧！比賽的時候會需要一個響亮的名字，讓評審印象深刻。」亞亞提議。

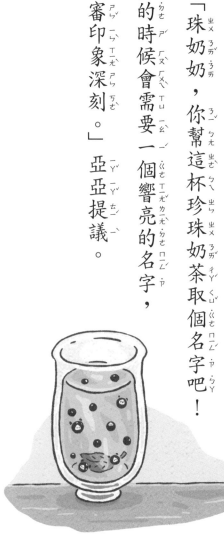

「珍奶就是珍奶，還需要取名嗎？」珠奶奶問。

「當然要，現在流行幫飲料取名呢！」沙沙也說。

「就——叫『小小豬珍珠奶茶』吧！」珠奶奶說。

「我知道，小小豬就是朱古大！」沙沙、亞亞同時說出珠奶奶的心意。

「對！這是想念朱古大的小小豬珍珠奶茶！我好希望有朝一日朱古大能再重回我的懷抱。」

小小豬珍珠奶茶果然得到「第三屆城市杯珍珠奶茶大賽」第一名。評審的評語是：

茶韻深厚，奶味香濃，口感新鮮獨特。

珍珠造型出眾，創意滿分。

幸運葉更是神來之筆，將飲品提升到另一個層次。

因為得到第一名，波波麗又上電視新聞了。

「第三屆城市杯珍珠奶茶大賽，經過嚴格的比賽過程後，第一名產生了，由波波麗珍奶店的『小小豬珍珠奶茶』奪冠！我們來聽聽負責人珠奶奶的說法——」

珠奶奶笑著說：「很高興波波麗珍珠奶茶店得獎了……」

# 各大媒體爭相報導

各位觀衆，記者現在正在「波波麗珍珠奶茶店」門口。
波波麗珍珠奶茶店
POPOLI
看到一大群長長的隊伍了嗎？沒錯，這些人都是要來買最紅的飲品「小小豬珍珠奶茶」的！
POPO NEWS

請問，為什麼要買小小豬珍珠奶茶呢？
這是第一名的珍珠奶茶啊，有全國首創的小小豬珍珠，當然要來喝喝看，不喝就落伍了！
可以喝飲料，又可以拿幸運葉看運氣，一次付費，雙重享受，很超值！
POPO NEWS

幸運葉超準的！我上次拿到的是「豬事大吉」，結果考試就順利通過了，真是幸運。
聽說這款飲料是：好喝、好看、好玩，一定要來試一試！
看到別人來排隊，我也跟著來排隊。聽說有小豬，也有葉子什麼的，好像很有趣！
POPO EWS
各位觀眾，為了印證大家的說法是否屬實，記者我也買了一杯小小豬珍珠奶茶喝喝看——
POPO NEWS
啊，太好喝了！
啊，怎麼這麼好喝！
不好意思，我們的訪問到此結束……

鈴鈴鈴，電話一直響。珠奶奶對手舞足蹈的沙沙、亞亞說：「你們忙吧。電話我來接。」

「喂，波波麗你好，請問要點什麼飲料？」珠奶奶說。

「波波麗嗎？哼哼，我要投訴。」

「投訴？請問有什麼樣的問題？」

「你們的小豬珍珠抄襲了我兒子的長相，我要投訴。」

「請問，你的兒子叫什麼名字？」

「朱古大。」

敬請期待第二集

## 蛇瑪莉阿姨信箱

認識自己、喜歡自己、活出自己

蛇瑪莉阿姨好：

你知道波波麗珍珠茶奶店獲得城市杯珍珠奶茶大賽冠軍嗎？他們好厲害可以設計出顧客喜歡的飲料。要如何才能知道顧客喜歡什麼呢？

美美服裝店小花

蛇瑪莉自己也是服務業，很了解小花想知道顧客喜歡什麼的心情。無論是從事飲料店或服裝店等服務業或銷售業，想要知道顧客的喜好，要先從提升觀察力開始。

下方有三位顧客，請根據他們的照片和個人檔案，幫他們在服裝店挑選最適合的服裝吧！

### 來到服裝店的客人

| 顧客① | 狐狸妹妹 | 年齡：15 歲 |
|---|---|---|
| 外表 | 身形健美、綁著乾淨俐落的高馬尾，看起來陽光有活力。 | |
| 個性 | 開朗外向、大喇喇，不拘小節。 | |
| 小情報 | 是個蹦蹦跳跳靜不下來的女孩，以後想跟她最喜歡的偶像戴小穎一樣當網球選手。 | |

| 顧客② | 長頸鹿先生 | 年齡：26 歲 |
|---|---|---|
| 外表 | 身材高瘦，戴著黑框眼鏡，頭髮服貼整齊，看起來有點靦腆青澀。 | |
| 個性 | 內向害羞，細心謹慎，說話斯文溫柔。 | |
| 小情報 | 剛從企管研究所畢業，對於金融理財有很大的興趣，過兩天準備去銀行面試，希望能為自己順利找到第一份工作。 | |

請選擇一位家人或朋友，仔細觀察對方後，將對方的重點樣貌描繪在下方空白處，並用文字補充說明。

| 顧客③ | 神祕客 | 年齡：　　歲 |
|---|---|---|
| 外表 | | |
| 個性 | | |
| 小情報 | | |

不管是顧客的言行舉止或穿著打扮，只要細心觀察這些小細節，你一定能抓到顧客的心！

設計者
林佳諭
桃園中興國中輔導老師／「木木老師邊教邊學」版主

## 美美服裝店的櫥窗櫃

店內有搭配好的五套衣服，請在衣服下方的空格寫下三位顧客的名字，並且說明為什麼那套衣服最適合那位顧客，若找不到第三位神祕客適合的衣服，請你畫出最適合他穿的服飾吧！

**公主蕾絲洋裝**

---

**運動休閒服飾（帽T牛仔褲）**

---

**襯衫黑褲簡潔風套裝**

長頸鹿先生

**請自行發揮，設計一套服裝**

---

**嬉皮民俗風裝**

---

**帥氣黑色緊身皮衣皮褲裝**

---

## 蛇瑪莉給爸爸媽媽的話

眼睛，是孩子開啟世界的第一把鑰匙，在瞬息萬變的新時代，擁有敏銳的觀察力，能夠讓我們感知周遭、發現問題、理解別人需要，並在變動中即時做出反應，掌握先機。

想要培養觀察力，建議可以從孩子感興趣的事物著手，利用媒材或是生活中真實案例，以遊戲的方式，透過提問引導，讓孩子多去練習描述、比較、推測，進而養成自主探索的好習慣。

閱讀123